パスタで巻いた靴

素潜り旬

港の人

装画　三嶋典東

パスタで巻いた靴　目次

Ⅰ

II

I

テッポー

広がりをまくし立てたマグマは
知恵熱を覚えた
賢いのかどうかは
聞いてみたらどうだ

テッポーは
誰彼構わず
撃ちたがっている

さあ、ぼくを
いま

旋風の中に進めた馬と共に
撃ち殺してくれ

パキュン　パキュン
ええと　下手だなあ
カカシの下　画角の右斜め上
狙い定めて当たらないから
笑っているのだ
ハハハハ

テッポーの先
ぼくに似たあなた
内面化された喜びが
喜劇の蓄積として顔に出ている
少し見える八重歯

筋ばった頬
あなたはぼくの心に似ている
ただ　ぼくには
もはやあなたのことなんて
そこにないような空虚と
あなたへの執念が入り混じる

ああ　ここで間違えない限り
誰も悪いことだと指摘してくれない

バキュンバキュン
ぼくの斜め下
少しばかりの貧乏の隣
得たばかりの幸福を
狙い撃ってくれ

先ほどは　ぼくの陽だまりを
おはよう　とばかりに撃ちやがって

さあ　ぼくの全世界を
撃ち落としてくれ！

手紙

おっかあさん、便りがないですが。
俺はもうほとぼりがさめたと思うのです。
絵を書きました。
あなたに似た男の人。

チーズトーストを噛む。
甘いのは蜂蜜を垂らしたので。
文脈を読むと、
実は声を持たないのではないか
なんて
俺は、勘ぐってしまいます。

返事がない　それだけで、
ああ　辛くなるのは　いつも通り
つまりは　返事なんて　きたことがない。

夜が来れば　思いつくのです。
伝えたいことの　一つ一つが
あなたの周りをくるくるし、
至るところに　はねつけます。
俺はそれを嬉しく思い、
優しく書きつけるのです。

俺はサングラスをかけ始めました。
もし　あなたに会っても　見えにくい
お互いわからないように
それが幸せでしょ　って

いつも　俺の方が一方的
でも　一歩進んでいる　俺の勝ち。

WAACKING

煙草の灰で穴が空いてしまったナイキの靴を履きながら、長さんに言う。履けたらええんや、履けたらええんや。公共料金を支払ったままのレジでポカリスエットを買って股間にぶっかけていた長さんは俺を見て、冷コーならもっとええんよ。と言った。

「パパがいなければコダック抱いて」

ＴＶはチカチカしながらクイズショウを映しているが澱んだ目をしているのは司会者と俺だった。ピラニア軍団みたいなジジイどもに喰らわせるアンパンでも有ったらよかったのにと、ソーダを口に含みながら思う。うがいに良いと最近調べて分かったから喉で鳴らしてみるもそれは殆どガレージパンクだった。超クヤシい。

kindness

惨めな奇蹟
空間の隔たりが
任せておけ　という声を奪う
浅知恵の灯火に
オプティカルな笑いが

重圧を感じるなら
背中を殴ってしまえ

だって優しくなれる
このままの格好で
いれば　素敵さ
翻弄されゆく　ぼくが見える

戯曲

きみは今朝から白ぼけて
味や香りを忘れてしまった
それほど彼ら食物は非常に悪く
精神さえも傷ついている
いやらしい慣習の
長い疲れを感じるようだ

ああ　こんなにも淀んでいる思考
りりしく　たち淀んだ悩みは深まる

残り心は雲の上

残り精神は雲の上
残り詩情は雲の上
にいったらいいなあ

ぼくは　待ち受ける　いやしさすべて

季節はかぶき
時間を割いた

ヘラクレスは　地を這った
馬鹿馬鹿しい嘘はヤメルンダ

ああ　ヤギは雲の上
またしても見送ることになるのかなあ
心も精神も詩情も

結局行ってしまった
それらは男と女と少女に
当てはめられるけれど
舞台上には　1.5mの球とはしご
男と女は少女に球の中でやられて、
ヤギは雲の下へ
はしごを下って降りたそうだ
そんな戯曲を読んだことがある

ゴッド・ノウズ

オラウータンの五度の打撲。
アタシは慢性的なデペイズマンの幻想に
かられている。
勝新太郎は大袈裟な身振りで
自らの私的寒熱感情を
ざんばらに果実に与え、
色彩は山下清によって
代わる代わる誇示される！

盲目な画家のように
手淫にふけったこの文章は

我が体裁を表す。
主義なき主義は主義なき主義者。

ボスよ、与えてくれないか！
夜を待つまでもなく生まれてくる詩に
クッソ痺れるヴァインガインアンオジン
ファジンオインチャンを。

エスペラント語が話せないアタシは
もう誰とも話せない。
火曜日を告げるダイヤモンドの鳴き声。
影響とは、
ライスボウルの淵で転がり続ける
辻潤のようなもんなのか！
ボリス・ヴィアン好きですか？

ハイ、ポリスでなければ。

水の音を指針が消して、
神が便所に行く際、アタシは声をかける。

「アタシはビッグイシューを
2円で売っています。
この街で初めて読んだ人ばかりなのは
もちろんアタシのおかげです！
『消防士とセメントのファック特集』が
一番売れました！」

神よ　大きな声は一つですか？
それとも民によるものですか？
その判断ができるのですか？

アタシはたまたま運が良かっただけ？

答えないから神なのだ。

硬めのジャック

わたしはシンボリズムが嫌いだ。通せんぼしている表象にアンデパンダンがノーと言いつける。サリンジャーがガイアみたく綺麗に見えてくる。片目のジャックの硬直したペニス。ああ、硬めのジャック。微笑、微笑、表象、微笑。苦しければ越えてくるものがある。わたしはシンボリズムが嫌いだ。事後経過というものが俺に迫ってくるのなら。夜がまた静かに、血をかじかんで、寒さを垂れ流して、症状は出ない。憐憫は空を切り、一つの矛盾に問いかける。

俺はことさら時代遅れだろうか…

ウィークエンド、物語も描写もことさら痛みと同化している。語り部がいないこと、書き手だけがいること、それって絵画に似ているんじゃないか。いいや、絵画に似ているんじゃない。政治なんだ。これは。酸いも甘いも経験してきた政治家に、字余りの正義を見せつけるなら、余剰だけで徒党を組んでやれ。

クールなパブリッシュはレタッチを必要としない。愛の世紀にもはや時計はいらないのかもしれない。刻むのは肉体だけ。優柔不断な俺の性器に。自己負担だけがのしかかってくる。そして今夜、読解とともにカメラを手に取ろう。

チンカチンカ

息を止めた水色がさ、俺にこっちへ来いって言うんだ。いい加減な色のくせに。
俺はパレットに火を放ちたかった。だから赤やオレンジ、黄色を使い、申し訳
程度に水色を差した。

おおおおおおおおお、被せろ
鎮火！
鎮火！

チンカチンカ
ダンスダンス

ひとまずは落ち着いた。空白はもう二度と戻らないが、被せた色は黒だった。
つまりは焼け焦げたも同じってことなんだ。

II

パスタで巻いた靴

ぼくらが思うこと
時間に乗っ取られた思考で
身体が動き出すこと

力強い未来は風呂に浸かったまま
出てこない
ジャケットを羽織った湯船かも！

それでも
簡単には笑わない
あんたらの背負った家族にも

何も働きかけない
だって猛毒気取りの虫のよう
嘲り蹴ってやる
大好きなパスタで巻いた靴で
心から蹴ってやる

一握りの優しい人たちよ
声を高々に詩を朗読してくれ
そのあとも素直なまま
何の計画性もない丁寧な夜を
娘を抱えた妻にでも与えてやってほしい
ぼくが乞うた賛美を
充分に使ってほしい

ああどうして肉体の悪魔よ

ぼくの身体を使ってくれない
このまま全てをむき出しにして
富豪の頭にかぶりつきたい
不自然な金を持ち
肉欲にとち狂う
そんなぼくに愛の讃歌を

力強いドラキュラの
踊りが突き動かすのは
愛以外の何物でもない
家族の血をすする
そうだ　ミューズから学んだ
裸のランチは午前のうちに
ニュースを聞きながら
腰に手をまわす

それは虚妄　ああ　消えていく
午前4時　ペーパータオルに顔を埋める

目覚めると
地上のパッチワークに　声をあげる
ぼくの視界には
自然に勝るものがない！
だから破壊が
目の前に
でもぼくは信じない
許されたことを恐れるのと
同じこと

そんなにも言葉を選ぶなら
喫茶店

午前8時のモーニングで
ぼくの心は半分だけ砕けた
とんでもない！
言葉選びはそのまま
声に力があった女性に
頬を叩かれたよう　罵倒された
それは失礼なことを言ったから
ぼくを叩きのめしてくれ
愛という言葉を軽々しく
詩に盛り込んでしまうぼくを
とても事実に即してくれ
しかし、
その女性は理想を語り
フェミニズムを愛した
ぼくの心で泣いてくれ

惹かれただけでなく
木っ端微塵に成った

ぼくは歌う
女性的なものの中に
硬い思考を閉じ込めて

ぼくは歌えない
暇を、
濡れた労働者の休み時間を
買い物上手な妻を

ああ、どうしてか
無性に時代から飛び降りたくなる
ぼくのいる場所は

いつも机の前
静かにしてくれ！
再び地上のパッチワーク
季節に砕いたコショウを振りまいて
違い　あるかしら
このまま遠くなっていく
時間を置き去りにして

ぼくの腕「to the moon」

きみが見ているもの
ゆっくり爆発するキャロットのこと
誰も離さない
手を
しかし　燃える
霊性よ
この野菜に宿るものはあったか

下の空気を吸い込んで
息を飲む

ぼくの腕は綺麗だ
掻きむしってもいないから
毛は少しだけ

きみってやつぁ
見もしない
それをだ
明るい凪
暗がりの土
地面に咲いた身振り
ぼくは絶やさない
きみのために
火を放つ

人間の戯れを

空洞化したまま
彼女の声を聞く
ぼくのミューズ
優しい色

気持ちは綺麗な赤
まるで西部劇の血
馬に食わせたキャロットに
ぼくたちが食べた
パンとミルク！

きみは何も省けない
ぼくたちの食事は変わることがない
野菜は笑いながら同じ
ミルクの味だってひとり

波うっている
そうだ　パンだけが
自然に逆らった創作物
口をつぐんでこねられている
だからこそ食卓には笑みを
臆病者に立ち入る隙も与えない
軽やかで遠慮のない笑みを
さあ
明るい人々よ
楽しい話で埋め尽くそう
懐かしいこと
輝かしいこと

ただその陰には
蟻に鞭で打たれるような

痛みがある
忘れてしまったけれど
思い出したら身は焦がれるだろう
月が魅力的な女性なら
ぼくは考えずに済む
上を見るだけで過去は
なかったかのように今がある

このまま
月の従者となって
雲にすべてを隠してしまおう
やがて忘れ去られても構わない
月は　ぼくのミューズ

顔面に沈み込まない都が

1

顔面に沈み込まない都が
俺には遠目で見えている

マンモス売りがドタドタ
何人もいる
喧騒をうむのは彼らか
はたまた道路の右側
ラスベガス売りのせいなのか

私はもちろんマンモス売り
肉を売る前にやることがある
過ちに気づいた母さんを
冷凍保存で閉じ込める

私は、もちろんラスベガス売り
街を売る前にやることがある
カジノで稼いだドルすべて
珈琲豆に替えてみる

顔面に沈み込まない都で行われているのは
デイトレーダーによる
チョコレートの買い占めです
俺たち反政府軍は
ネットバンキングにハッキングし

すべてをガーナに送金しています

（手を叩く）　２

聞いてくれ　目を覚ましてくれ
言葉が溢れている世界に
ポエジーは必要なのだろうか
俺は　愛と同程度に感じるものだと思う
だって　あなたが　このてのひらを
温かいと信じること
信じさせること
血が通っていて　生命を感じるような
人生において悲劇なんて起きないような
そう　友人が死んだことのないような
顔をして

喜劇を演じる
温かみのある
ああ　そんなこと　できやしないから
ポエジーがある
あなたに気づいて欲しくて
俺は詩を

（暗転）

3

さて、あなたの今日の笑顔は
顔面でやっていますか？
それとも
都で行われているのでしょうか？
俺は見ていられない
他人の沈み込まない都は

（暗転）

4

こちらを見て欲しい
俺の顔面に沈み込まない都が
俺の顔面に沈み込まないのは
人が住んでいるからだ
そしてオン・ザ・忘れるなよ
顔面の上に忘れられない都市を建設せよ
人は、ここにも住めるから

サン・ラの金たま見いつけた

彼は思想を体現したが
金たま見つからない

それは損失ではなく
笑顔に値する

俺たちが食らうものの中に
サン・ラの金たまがあるかもしれない

笑え　俺たちを
忌嫌え　笑わないものを

損失だ
人類のロジックの

人間どうやら
宇宙に行きたい

言葉はどうやら
誰彼かまっていない

詩はどうやら
紙に残したい
口承するか
否　ニュアンスってものがある
目に見えない

目が見えない
踊りたい
それが音楽
とても音楽的な動機
それが伝わる
サン・ラの金たま見いつけた

今夜叙事詩を体現しよう
宇宙哲学を相反するものとして
倒置させ
笑え

エクスペリメンタルだとか
言わせるな　思想は常に

ジプシー　または
学生であれ

学校には倒置させるな
しかし学生であれ
金たま片方に托せ
俺の精神は一本槍だ
アメリカの矢をかわせ
人間の証明に
金たまはいらない

ハモンドオルガンで軀を揺らせ
金たま見いつけた
バランスは肩で取れ
俺の思想を体現するのは肩だ

地球上では音楽
それも言葉なんだ

探求に金たま差し出した
土星に馴染む様式に
ジャズは必要だろうか

俺には置いてきたものがある
ノアの方舟だ
大混乱に陥った即興
俺の話に耳を傾けるべきだ
だから兵にはならない
俺の話に耳を傾けないやつが
たくさんいるからだ

許せない　サヴォイ！
何人目かの宇宙の番人め！

土地を置いていけ
心酔しろ
俺に　金たま見つけさせろ
アーキストラはカーマストラだ
土星に行こう
このままのフリーフォームで

引用してもいいが
俺に心酔しろ
そしてこう言え
サン・ラの金たま見いつけた

オーソンウェルズみたい

きみが泣く前に
いや　親が泣く前に
オーソンウェルズの映画を観よう
太っちょ野郎なのに
全く滑稽に見えないんだ
威厳がある
きみもそうだろう
滑稽さなんて見えやしない
威厳ばかりが
なあ　笑えてきたよ
きみは面白い

オーソンウェルズだって滑稽さ
ただ　きみは美しい
きみそのものだから

ぼくたちの手のひらが
4本ひらひらと舞う
このまま落ちないでいるかな

生きているだけでぼくだろう
4本にそう書いてある
消えないかな
目は潤み　見えないかな
天国でも同じように
孝行できるかな
たとえ短い一生でも

焚き付けて
暴れまくってやる

ああ！
お元気そうで
きみ！
また出会えてよかったよ
ここからやり直し
ぼくは大きく動いた

オーソンウェルズ
見慣れた顔の蓄えた髭が

白い空が
循環なのさ

言葉の
ひらめきの中の

熱く焦がれたきみに
エスキスを
優しさで積み重ねられた愛情は
名前を偽らない
愛そのものを
言葉として伝えるには
詩が
詩ばかりが先行する

冷たい舌が絡まり合って
うまく言えないけれど
詩ばかりが先行する

ポエジーは死体を演じた
回避したのだ
愛について語るのを

ぼくは大笑いした
オーソンウェルズみたいだ

エキゾチック・ベジタリアン

夜の巻き戻し
公園の羅列
きみが現れるまで
遠い時間が揺らぎを見せる

眠くなってどうやら
素肌がほてっている
きみの　時期早々
暮らしぶりが浮かぶよ

レースがなびいて

感じる事情
いったい
ぼくは暗がりから出たい
朝日差し込んで
喜び　たわむれ

字が湯けむりを交錯する
頁は淀む水　以上に

乳製品は興奮性を保ち
その先端に
強いストレスを感じる

エキゾチック・ベジタリアン
仲人を務めてほしい

ぼくらを
あなたに会わせるわけには
いかないけれど

眠れないね
睡眠相のズレかもね

目の世界にトリップして
誰を迎えに行くことになると思う？
生きている人さ
いま生きている人
その場から連れ去って
目を覚ましてあげる
ここは目の世界じゃない
いま　いるところが

いま　いるところさ

立ち止まって考えてみる
それが素晴らしいことか
ああ　最高だ
ぼくは涙を流しながら
きみの服をたたんだ

ビルディング

街路樹を記憶に置いてある
俺が蒔いた種
雪が　通りすがりの逢いびきだと
白いコート
弾む嘘
たなびくまでの隠し事を切り刻む
ジャック・ザ・リッパー
もしくは　アメリカ
パリは今現在燃えていないが
心のイランは燃えている

良い日が来ればそれまでもいい
とは　いうものの
俺だけかな
愛ばかりが許さない
今までのこと

閉ざしたビルディングが
乱立し黒点を生むビルディングが
それよりも多いぞ　人は

爆発は赤なのか
オレンジなのか
黒なのか
透き通っていないことは確かだ

撃ち落としたのが流星で
想い　立ちすくむなら
四角から見えない角度で
視覚を創り上げてくれ
そこに創造性はないぞ
危機感のみだ
積み上げてきた愛と同じ高さの

身勝手な猫

詩が書けて仕方がない
回転数を上げれば上げるほど
主題が見えてくる
脳の狂乱の最中
突如現れた猫が
罪なき人々にけしかける

牙が抜けた者を頼りにしても
訪れるのは平穏ばかり
メランコリックで
熱病にうなされたぼくは

倍音に溢れた音楽で
船から船へ渡る
そんな時が来るだろうか

猫の身勝手な問いには
誰も答えない
血で真っ赤な嘘だ
きみの言うことは

大声でそう言ったのは
ボタン売りの青年だった
彼は続けて

ぼくは失業した
きみのような俊敏さがないから

でも立派に生きているぞ
身の丈にあった生活をしている
それが悪いってのかい

猫は騙されたように
とぼけた顔をして

きみのことなんて知らないよ
なんだってぼくに絡んでくるんだい
きみは入っていないんだ
ぼくの頭の中に
けしかけておいて
いやな奴！
ボタン売りの青年は
壁に怒りをぶつけながら

去っていった

猫は　疲れた様子で
木にもたれかかっている
ぼくはどうやら眠いみたい
でも寝ないぞ
だって夜が待っている
語り明かすんだ
回転数を上げて

詩が書けた夜は
猫を思い出そう
メランコリックで
熱病にうなされた
ぼくの鏡のような猫を

ボタンの全部取れたシャツ

ぼくが学ぶこと
ぼんやりとした空気の中で
感じ取ること

ネット広告を
レモン果汁で裂いて
大きな声で笑うこと

ボタンの全部取れたシャツに袖を通して
泣きながらでもいい
こう言ってみたんだ

気を悪くしないでね（お気に召すまま）

それにしても
なんて退屈な時計！
規則正しいコネクトだ

ぼくは小説家
あなたばかりの
本が苦手だと書いたらしい
噂のきらいなぼくでさえ

ただでは信じない
言葉なんて
一つも真実を語りはしない

それは　ぼくとの関係のなかだけだけど
あなたは降参して　目をつぶりなよ

運河

水の音は
犬の声で

たち消える
運河
誰も
彼も
ひとり

素潜り旬　すもぐりしゅん
詩人。１９９２年生まれ。大阪在住。
詩を書くこととポエトリー・リーディングを
ほぼ同時に始め、現在も続けている。
バンド「生きる」@ikiru_band で活動中。
著書に同世代の詩人、澤村貴弘、佐藤瑞穂と
の私家版『詩集・回転木馬』がある。

パスタで巻いた靴

２０２１年10月20日初版発行

著　者　素潜り旬
装　幀　須山悠里
発行者　上野勇治
発　行　港の人

神奈川県鎌倉市由比ガ浜３－11－49
〒248-0014
TEL0467-60-1374 FAX0467-60-1375

印刷製本　創栄図書印刷

ISBN978-4-89629-399-9